Chagrin d'amour

Hana COLLECTION

www.boys-loves.fr

Maquette : Justine Mouron
Traduit du japonais par : Delphine Desusclade

Remerciements à Aurélie Valognes

Dépot légal : Fevrier 2019
ISBN 978-2-36877-653-7

Imprimé par GZ Digital Media as

ATT...
ATTENDS... !
JE VAIS LE DIRE...
ALORS...
ATTENDS... Désolé...
TROP CHOU...
Ça m'excite...
Il l'a fixé comme ça pendant dix minutes.
FIN

HA
HA
HAA
HAA
HA
SHÔMA, JE T'AI...
SERRE
MOI AUSSI...
J'AIME...
TON...
ODEUR...
...QU...
ASHIDA...
EUH...

......
......
ZWWP
CLING
CLING
......
...ME MAS-TUR-BER.

FFF
UNE FOIS, ÇA M'A SUFFI POUR...
POUR... ?
FFFR
J'AIME...
TON ODEUR...
ASHIDA.
VRAIMENT...?
OUAIS...

HA
Mer- de... ma...
voix...
HAA
BRR
....!
SERRE
SQUISH
SQUISH SQUISH
SQUISH SQUISH
BRR
BRR

BRR
...SHI...
HA...
SLURP
DA...
SMACK
BRR
SLURP
ATT...
SLURP
A...
SMACK
F...
BRR
BRR
HM...
HN...
BRR
SMACK
SLURP
SLURP
AH !
SMACK
BRR
AH !
HMM...
BRR
BRR

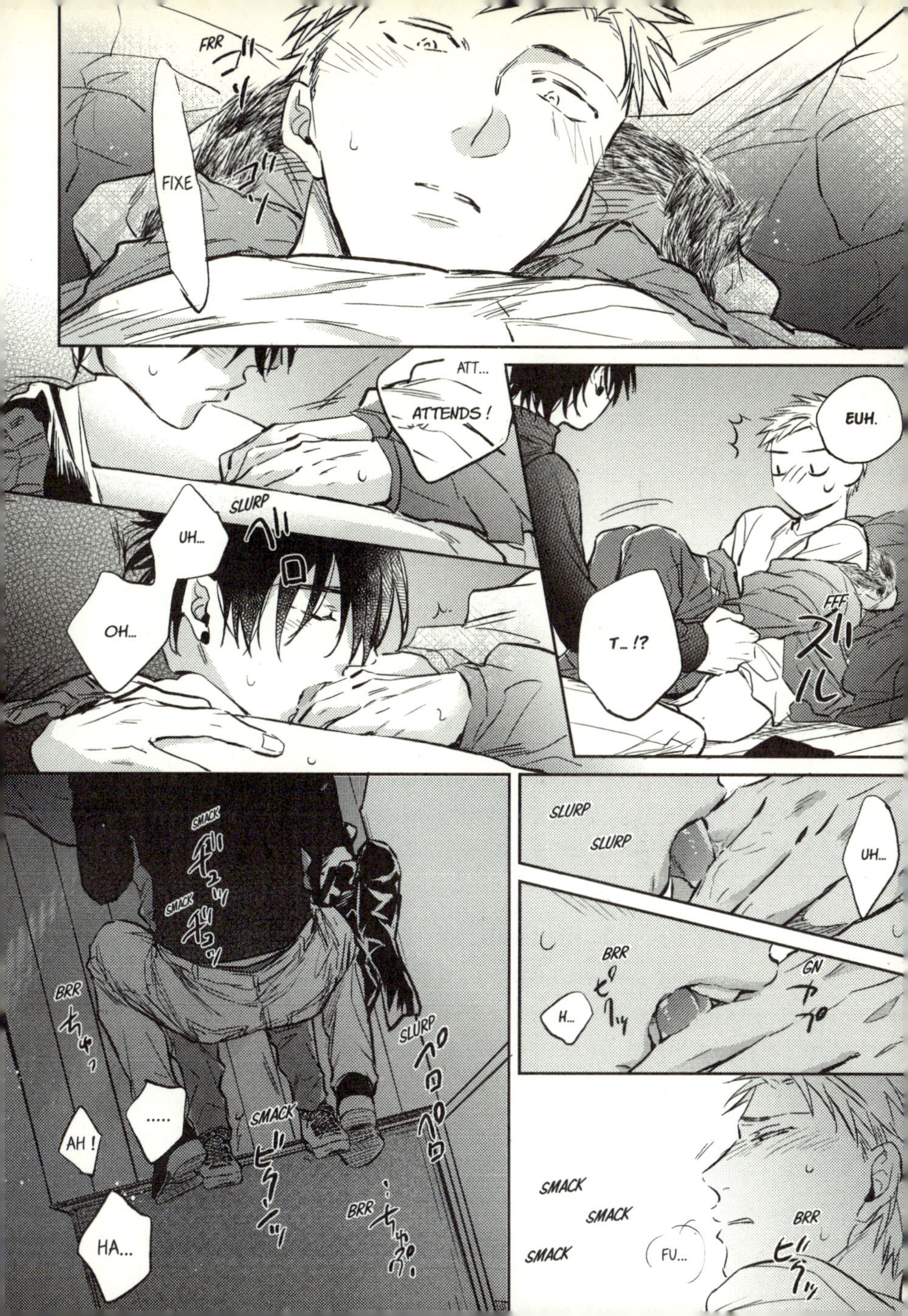
FRR
FIXE
EUH.
FFF
T...!?
ATT...
ATTENDS !
SLURP
UH...
OH...
SLURP
SLURP
UH...
BRR
GN
H...
SMACK
SMACK
BRR
SLURP
.....
AH !
SMACK
BRR
HA...
BRR
FU...
SMACK
SMACK
SMACK

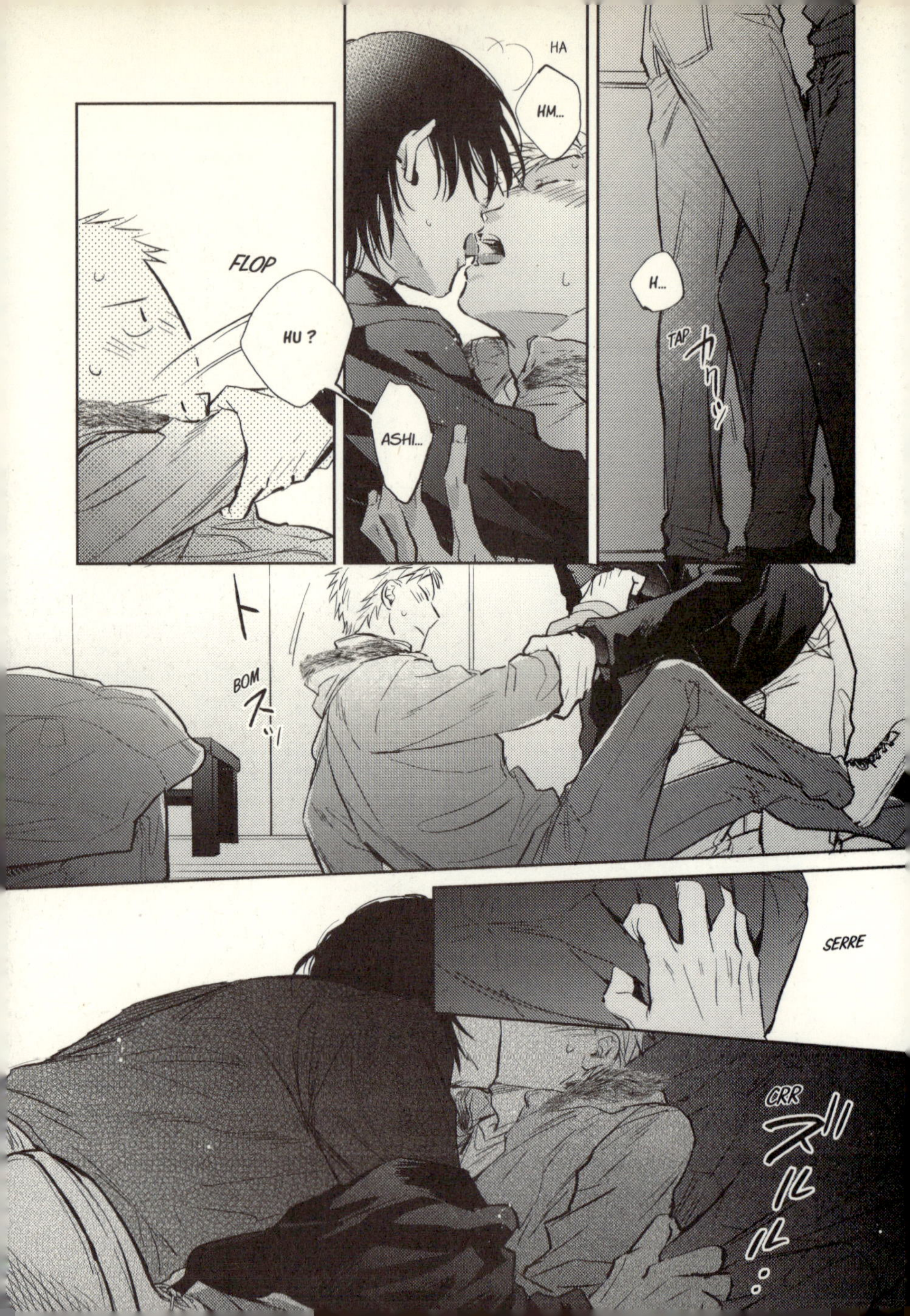
H...
TAP
HA
HM...
ASHI...
FLOP
HU ?
BOM
SERRE
CRR

SMACK
SMACK
HA
SERRE
BRR
HN...
HM...
H...
BRR
FFM...
HN...
H...
...M
SERRE

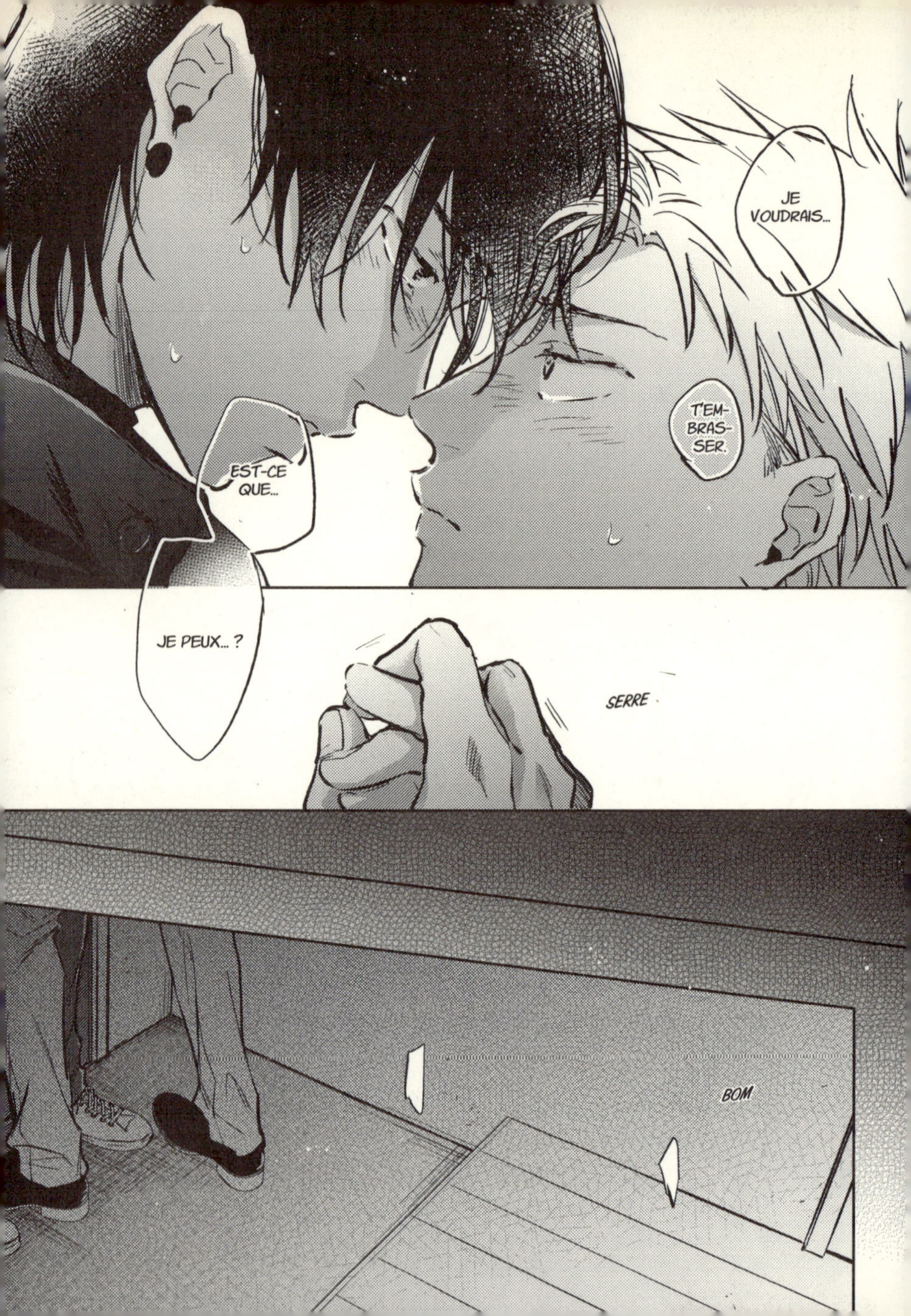
JE VOUDRAIS...
T'EM-BRAS-SER.
EST-CE QUE...
JE PEUX... ?
SERRE
BOM

FF
POUSSE
HA
.....
AH...
.....
JE...

FROTTE
FROTTE
FROTTE
.....
FROTTE
FROTTE
TROP CHOU...
.....
FFF
SERRE
AÏE !
GNN
.....!
TAC
HM...
BOM
A...

DÉSO-LÉ...
J'ÉTAIS...
CONTRA-RIÉ...
....?
DOM
CON-TRARIÉ ...?
SERRE
HÉ !
SNIF
HUUU...
FRR
SERRE
SERRE
FRR

ON N'A TOUJOURS PAS MANGÉ...
J'AI TROP FAIM...
SERRE
ぎゅう…
.....
QU...
QU'EST-CE QUE...
EUH...
TU...
ASHIDA...

......
TAP コツ
TAP コツ
TAP コツ
TAP
TAP
......
TAP
CLAC
AH.
T'AVAIS PAS FERMÉ ?
J'ai oublié...

Epilogue

JE...
J'ATTENDS DE TROUVER QUELQU'UN QUI SOIT CAPABLE DE TE DÉTESTER.

Fin

.....
AH...
ASHI...DA...
EUH...
TAIS-TOI
UN PEU...

BAH...
ON N'A QU'À Y RÉFLÉCHIR ENSEMBLE.
NON ?
...HÉHÉ.
EN FAIT...
JE SUIS ASSEZ CONTENT QUE...
TES EX NE T'AIENT PAS SUFFI.
JE SUIS SUPER HEUREUX !
J'AI L'IM-PRESSION D'EN FAIRE TROP.

C'EST VIDE DE SENS.
SI JE COUCHE AVEC QUELQU'UN...
C'EST PARCE QU'ON EST LIÉS, COMPLICES...
ET JE...
AVEC TOI, J'AI FAIT N'IMPORTE QUOI.
JE SAIS MÊME PAS CE QUE JE VEUX.
J'ARRIVE PAS À DÉCIDER...

TU AS CRU...
QUE J'AIMERAIS PAS ÊTRE AVEC TOI ?
DÉSOLÉ.
MÊME SI ÇA A DÛ ÊTRE DOULOUREUX.
ÇA ME FAIT TROP PLAISIR.
......
DIS... JE...
EN FAIT...
JE SUIS PAS TRÈS ATTACHÉ À L'APPARENCE.

AH, BON !
ASHIDA...
T'AVAIS PEUR DE ME QUITTER ?

……
DIS…
D'APRÈS TOI…
C'EST MOI QUI SERAIS TRISTE ?
C'EST MOI QUI SERAIS EN COLÈRE ?
……
NON, C'EST VRAI.
TOI, T'ES PAS COMME ÇA.

ET SI JE RECOMMENCE ? QUE JE ME LASSE, COMME AVEC LES AUTRES ? TU FERAS QUOI ?
JE M'EN VOUDRAIS...
C'EST TROP DOULOUREUX D'Y PENSER.
TU RISQUERAIS DE PLEURER.
ET MOI, JE N'AURAIS MÊME PAS UN REGARD POUR TOI.
J'OUBLIERAIS TOTALEMENT...
JE TROUVERAIS QUELQU'UN D'AUTRE, ENCORE...
JE SUIS COMME ÇA.
.....
J'AI TOUJOURS ...
ÉTÉ COMME ÇA...

JE SAIS TRÈS BIEN...
QUE TU ES GENTIL...
AVEC TOUT LE MONDE...
JE L'AVAIS TRÈS BIEN COMPRIS ET...
J'AI PASSÉ MON TEMPS...
À PROFITER DE TOI.
JE T'AI FAIT DES CHOSES HORRIBLES.
QUAND JE ME SENTAIS SEUL...
À ME REPOSER SUR TOI...
JE T'AI DÉSIRÉ SANS TE DEMANDER TON AVIS.
......
ALORS...
JE ME SUIS DEMANDÉ CE QU'IL M'ARRIVAIT...

HAA...
HAA...
Ouf, je l'ai rattrapé !
HAA...
HAA...
......
HAA...
......
TU...

JE TE L'AI DIT, NON... ?
HOMME, FEMME... ON EST TOUS DES ÊTRES HUMAINS.
SINON...
POUR MOI AUSSI CE SERAIT ANORMAL DE T'AIMER ?
QU...
FFF
.....
CLAC
ASHIDA... ?

T'AS TOUJOURS PRÉFÉRÉ LES FEMMES, NON ?
T'ÉTAIS NORMAL, NON ?
T'ÉTAIS BIEN, COMME ÇA ?
UN JOUR, TU VAS TE MARIER AVEC UNE JOLIE FILLE, T'AURAS DES ENFANTS...
ET TU DEVIENDRAS SÛREMENT UN BON PÈRE BIEN ENTOURÉ, COMME TU L'ENVISAGEAIS, NON ?
AVEC UN HOMME, TU...
FFF
AVEC QUELQU'UN COMME MOI...
TU POURRAS JAMAIS FAIRE ÇA...
C'EST MA FAUTE.
PARDON...
PAR-DON...
POURQUOI TU DIS ÇA... ?

PARCE QUE TU M'AIMES.
......
SERRE
POURQUOI MOI ?
DEPUIS QUE J'AI COUCHÉ AVEC TOI...
TU T'ES RENDU COMPTE D'UN TRUC ?
SI C'EST LE CAS, OUBLIE, TU T'ES TROMPÉ.

T'ES DÉJÀ TROP NAÏF D'ORDINAIRE.
QU'EST-CE QUE TU FERAIS SI QUELQU'UN TE PROPOSAIT DE PASSER LA NUIT AVEC LUI ?
TU VOIS CE QUE JE VEUX DIRE ?
NON, JE VOIS PAS !
ALORS C'EST PEUT-ÊTRE QUE ÇA TE DÉRANGE PAS, FINALEMENT ?
HEIN ... ?
NON.
JE SAIS...
JE T'Y AI DONNÉ GOÛT, C'EST ÇA ?
QU'EST-CE QUI TE PREND ?
QUE T'ES PAS CE GENRE DE PERSONNE.

AH, OUI... ON A PAS DÎNÉ...
QU...
DOM
...QU...
...QUOI ?
TU PEUX PAS...
TE PROMENER COMME ÇA À L'AVEUGLE DANS CE GENRE D'ENDROIT.
AH... ASHIDA.
TU VAS...
DÉCHI-RER MON...

....?
DIS...
Y A UN TYPE QUI T'A TOUCHÉ L'ÉPAULE...
HEIN ?
ÇA VA ?
BAH, OUAIS.
CLIC
CLIC
CLAC
IL ÉTAIT SUPER SYMPA, J'AI JUSTE ÉTÉ PRIS DE COURT...

COMMENT TU T'APPELLES ?
OH ! JE M'APPELLE TSUJI.
En-chan-té.
TSUJI, OK.
Bonsoir...
TU BOIS UN VERRE ?
NON, JE...
ON RENTRE... SHÔMA.
Ah bon ? Bon, bah à plus !
AU REVOIR
.....
OOH... CE MEC...
14-18
20

JE SUIS ALLÉ JUSQU'À TON TRAVAIL POUR TE CHERCHER, UNE DE TES CONNAISSANCES M'A...
DONNÉ QUELQUES IDÉES D'ENDROITS OÙ T'AURAIS PU ALLER.
.....
.....
.....
DÉSOLÉ... D'ÊTRE VENU COMME ÇA.
JE...
IL ÉTAIT TARD...
ET JE M'INQUIÉTAIS.
WAOUH... ÇA T'EN FAIT, DES PÉRIPÉTIES !
.....
BONSOIR !
T'ES UN AMI DE KAKERU ?
SOURIRE
BIENVENUE !

HAA...
HAA...
AH !
ASHIDA !
TROUVÉ !
SÉRIEUX !
T'ES ALLÉ LES ACHETER OÙ, TES CIGARETTES ?
T'AS OUBLIÉ TON TÉLÉ-PHONE, EN PLUS.
JE ME DEMANDAIS OÙ TU ÉTAIS PASSÉ...

Pourquoi... ?
C'est peut-être...
de l'anxiété ?

T'ES PAS COMPATIBLE AVEC UN BRAVE TYPE COMME LUI.
Compatible...
Je pense pas que ça soit à ce point...
Alors...
Pourquoi ça n'irait pas avec Shôma ?
TU...
Parce qu'il est trop gentil ?
Soi-disant hétéro ?
Qu'on était dans la même classe ?
ES PAS CA-PABLE D'ÊTRE CONSTANT DANS TES SENTIMENTS...
Que je me sens cou-pable ?

NAN...
JE... ME SUIS PRIS UN VENT.
ET ÇA M'ÉNERVE QU'IL M'AIT DIT QUE C'EST PARCE QU'IL M'AIME.
MAIS TOI, EST-CE QUE TU RESSENS QUELQUE CHOSE POUR CE MEC, AU MOINS ?
.....
OUAIS, T'ES NUL.
PFFF... MOI QUI CROYAIS QUE T'AURAIS DU NEUF...
ENFIN...
JE SUIS UN PEU DÉSOLÉ POUR LUI, IL EST PEUT-ÊTRE SÉRIEUX.
T'AS UN CÔTÉ INSENSIBLE, TU SAIS.
FAIS PAS COMME SI MA MISÈRE AMOUREUSE ÉTAIT UN MAGAZINE PEOPLE.
SI T'ÉTAIS PLUS VIEUX, TU CONSIDÉRERAIS PEUT-ÊTRE CE MEC COMME UNE DISTRACTION.

...OK.
À TOUTE.
Je...
suis en colère ?
AH, BAH ÇA TOMBE BIEN, NAN ?

MAIS JE VEUX PAS LE FAIRE...
AVEC CETTE VERSION DE TOI.
Oh...
GNN
Je...
JE VAIS ACHETER DES CIGA-RETTES...
JE SERAIS REVENU AVANT CE SOIR.

JE FERAI...
FFF
PLUS ÇA AVEC TOI.
....!
POF
...AR-RÊTE.
...POUR-QUOI ?
TU VEUX PLUS ?
T'AS DIT QUE TU M'AIMAIS, NON ?
...OUAIS.

HUM...
JE PENSE PAS QUE ÇA FASSE UNE SI GRANDE DIFFÉRENCE...
TU AS REGARDÉ LES COMMENTAIRES ?
PAS... ENCORE.
.....
Je suis pas...
du genre à aimer toucher les gens.
Mais...
Lui, parce qu'il m'aime, je crois que...
j'ai envie.
Complexe de supériorité ?
JE SUIS...
UN MEC IMMONDE...

VIENS VOIR.
UNE MARMITE ?
OUAIS.
ON M'A PRÊTÉ L'AUTO-CUISEUR MAIS...
COMME IL COMMENCE À DÉCONNER, JE VOUDRAIS EN PRENDRE UN NEUF.
AH, ET LE MINUTEUR EST CASSÉ.
ET TU VEUX UNE MARMITE EN TERRE CUITE ?
IL PARAÎT QUE ÇA DONNE MEILLEUR GOÛT.
ET QUE C'EST PLUS RA-PIDE.
C'EST PRATIQUE, POUR DEUX, EN PLUS.
.....
TU T'Y CONNAIS, TOI ?

tu as tout accepté de moi.
Depuis...
on n'en a pas reparlé, on n'a rien fait...
C'EST PAISIBLE, ICI...
CLAC
ASHIDA.
Je suppose que ça va finir par ne plus être un problème...

J'ai continué à me reposer sur toi.
Moi...
pour fuir ma douleur et mes désirs...
j'ai fait de toi mon refuge.
Je t'ai utilisé...
par facilité...
et pour-tant...

Mais toi qui ne changes pas...
je t'ai imposé mon envie de te toucher.
Tes réactions ont été à l'opposé de ce que j'imaginais, mais...
ça n'a fait que me rassurer...
et j'ai perdu le contrôle.

Et ce sont...
les seules paroles qu'on ait échangées de toute notre scolarité.
En-suite...
par un étrange hasard...
Il m'a traité...
de façon attentionnée, sans aucune arrière-pensée...
Voilà, hourra !
il m'a permis de squatter chez lui...
de me poser un moment...
avec la même bienveillance qu'aupara-vant.
Moi, tout a changé. Physiquement comme morale-ment, je ne suis plus le même.

Est-ce que je viens...
foutre la merde... ?
Non mais non, je suis passé à autre chose.
Sérieux ?!
Je... je dois faire quoi... ?
Quoi ?
Et...
M'en parle pas, c'est une tache, ce type.
...pff !
Haha !
T'es trop méchant ... !
Une tache !
Ah, désolé, je me moque pas !
Après ça...
il ne s'est plus jamais approché de moi.

T'as rien à faire, ni à dire.
Si tu peux faire ça...
je te demanderai aussi de ne plus m'approcher.
Tiens...
C'est pas que je t'aime pas, mais...
c'est comme ça.
c'est la première fois qu'on s'adresse la parole.
C'est plus facile pour moi.
Désolé...
Je... OK.
Je suppose...
que tu t'inquiètes sincèrement pour moi.
Ah !
Mais Ashida...
t'es pas amoureux de lui... ?!
Dans ce cas...
est-ce que je peux au moins faire en sorte qu'ils ne t'approchent plus ?
Non mais... je m'en fous, d'eux, ça me glisse dessus...
.....

Dis...
Je viens de voir...
Ils ont l'air de t'en vouloir...
ces derniers temps.
S'il y a...
quoi que ce soit, je...
Tsss
Boy-scout, va.
T'in-quiète.
......
T...
Tout va bien.
Ils n'ont fait que commenter dans mon dos.
Ah, au fait...
Ça m'embêterait que tu en parles aux profs.
Dis.
Y a rien de grave.
J'ai pas envie qu'on me traite différemment parce que t'as cafté.
Ah...
Je com-prends.
...OK.

Pour ne rien avoir à cacher à personne...
je faisais en sorte qu'on ne m'approche pas.
POF
Dégueu
.....
Ashida.
Oh, on est dans la même classe...
TAP
TAP
TAP

Au collège...
J'avais déjà commencé à com-prendre ma sexualité...
et je m'étais intention-nellement éloigné des autres.

HM...
ASHI-DA... ?
SALUT.
VIENS VITE...
SERRE
IL FAIT FROID...
EUH ?
AHEM
SHÔMA...
TU DOIS ÊTRE FATIGUÉ.
RESTE LÀ.
UHU...
POF ぽん
POF ぽん
BONNE NUIT.

FRR
RONN
RONN
NAN.
IL FAUT PAS...
.....
Je me demande...
depuis quand il fait attention à me laisser de la place pour dormir...
RONN
RONN
.....
.....

EUH, EN FAIT... TU VEUX BIEN M'AIDER ?
M'APPRENDRE DES TRUCS ?
.....
BIEN SÛR.
Tu fais quoi ?
Euh... Oyako-don.
Ça a l'air facile.
Ouais...
Ça va.
Quand j'ai demandé...
on m'a dit que l'appartement était déjà pris.
CLING CLING
CLING
CLIC
PFF...
FAIT FROID.
CLAC
FRR
FRR
ÇA FAIT DU BIEN...

SI TU DISPARAIS D'UN COUP...
JE RISQUE DE M'INQUIÉTER TOUTE MA VIE.
ALORS...
PRÉVIENS-MOI, OK ?
OK...
BON...
CE SOIR, C'EST MOI QUI CUISINE !
FFRR
MÊME SI JE SUIS PAS AUSSI DOUÉ QUE TOI, HEIN...
FRR
FRR
.....
ASHIDA... !

ASHIDA ?
TU PARTAIS ?
AH... NON...
BALADE... ?
OUAIS.
FWIP
DOM
ドキッ
...ASHIDA.
TU PEUX T'EN ALLER, SI TU VEUX.
MAIS LE FAIS PAS AVANT D'AVOIR TROUVÉ UN LOGEMENT DIGNE DE CE NOM, OK ?
...JE M'IN-QUIÈTE POUR TOI.

Et puis...
c'est ma faute.
Il ne le pensait pas vraiment, quand il a dit qu'il m'aimait...
Merde... j'ai foiré un truc...
TAP
TAP
TAP
TAP
Nan. C'est moi, le coup foireux...
J'aime Shôma, c'est sûr, mais...
Comment dire... ?
Il n'est pas...
pour moi... ?
Ouais, mais...
SI JE DISPARAIS D'UN COUP, IL VA PLEURER, NON... ?
OU ALORS IL SERA EN CO-LÈRE... ?
Ou les deux ?
CLAC
カチャ

AAAH ! NON... !
C'EST PAS MOI !
GAAAAH
C'EST... JE...
UN AMI... !!
PANIQUE
PANIQUE
BON...
J'aurais eu la vie facile un moment...
J'ai trouvé des appartements, mais j'ai pas assez pour la caution...
J'ai deux semaines à combler...
.....
Ce serait quand même mieux...
pour l'un comme pour l'autre...

MAIS...
J'AIMERAIS VRAIMENT LUI FAIRE COMPRENDRE, ALORS...
JE NE PEUX PAS ME MORFONDRE SUR UN SIMPLE ÉCHEC.
OUI.
JE COMPRENDS.
JE N'AVAIS PAS VU ÇA COMME ÇA.
... OUAIS.
BAH...
DÉJÀ, IL FAUT QUE TU ARRIVES À LUI MONTRER LA SINCÉRITÉ DE TES SENTIMENTS.
JE SUIS AVEC TOI, OK ?
POC
MOI AUSSI !
MERC...
...HÉHÉ.

.....
MAIS, SHÔMA...
HÉ...
BAH...
PEUT-ÊTRE...
QU'IL NE VEUT PAS DE ÇA ?
MÊME SI VOUS L'AVEZ FAIT, SI JUSQUE-LÀ VOUS N'AVIEZ PAS POSÉ LES BASES DE VOTRE RELATION...
IL NE PEUT PAS TE CONSIDÉRER UN SEUL UN INSTANT COMME AUTRE CHOSE QU'UN SEX FRIEND.
OUAIS...

Il me demande toujours comment ça va...
Shôma, tu viens goûter ?
il est gentil sans se laisser marcher dessus...
il est juste pas doué avec les relations amoureuses...
je sais pas depuis quand il a l'air si attirant mais...
voilà.
Tout ça à la fois...
WAOUH...

BEN, SI C'ÉTAIT LE CAS...
SI CET AMI ÉPROUVAIT DÉJÀ DES SENTIMENTS POUR L'AUTRE ?
ENFIN, PAS VRAI-MENT...
DI-SONS ...
QU'AU DÉBUT IL N'Y AVAIT RIEN.
MÊME S'IL EST ADULTE, IL NE SAIT PAS ALLER AU RYTHME DES GENS...
IL EST DIFFICILE À CERNER, ON NE SAIT PAS CE QU'IL PENSE, ET POURTANT IL SE PERMET D'INTER-VENIR AUPRÈS DES AUTRES.
IL SE MOQUE DES GENS EN PRÉTENDANT QUE LEURS RÉACTIONS SONT MARRANTES, MÊME QUAND ILS ESSAIENT D'ÊTRE SÉRIEUX...
il pense même à ma santé quand il cuisine.
il mène une vie saine, il est responsable...
il a l'air de se foutre de tout, mais il est très droit...
Et...

BEN...
JE... MON AMI...
AIMERAIT POUVOIR TRANSMETTRE CE QU'IL RESSENT...
ET LE PARTAGER AVEC LA PERSONNE AVEC QUI IL A CRÉÉ CE LIEN.
ET JE ME DEMANDAIS SI VOUS AURIEZ DES CONSEILS... À LUI DONNER.
IL A BEAUCOUP TROP RÉFLÉCHI À LA QUESTION...
ET IL EST PASSÉ PAR TOUTES LES COULEURS...
BEN...
JUSTE POUR ÊTRE SÛR... CE LIEN, C'EST QUOI ?
GENRE, LE SEXE ?
ドキ
DOM
......
Notre Shôma a... !!
Huuuu, sérieux ...
C'est forcément ça...
OH LÀ LÀÀÀ...

.....
J'AI L'AIR FIN, À DIRE ÇA...
SHÔMA... TU PEUX...
RÉPÉTER... ?

SÉRIEUX ?
T'y es pas allé de main morte !
ET T'ES SEUL DEPUIS ?
NON, J'AI EU UNE AVENTURE.
MAIS C'EST FINI.
AHAHA.
T'ES NUL EN RELATIONS, DÉCIDÉMENT !
LA FERME.
FFF
SI TU TE SENS SEUL...
ON PEUT SE TENIR COMPAGNIE, CE SOIR ?
SANS FAÇONS.
Je suis juste venu boire un coup.
TU SAIS QUE J'AIME PAS COUCHER SANS SENTIMENTS.
JE PLAISANTAIS, JE SAIS BIEN.
Et puis, t'es pas mon style non plus.
SMACK

ÇA ALORS, KAKERU !
T'AVAIS PAS DIT QUE COMME T'ÉTAIS MAQUÉ, T'ALLAIS ARRÊTER UN MOMENT DE VENIR ICI ?
.....
JE LUI AI ÉCLATÉ LES COUILLES ET ÇA FAIT UN MOMENT QU'ON SE VOIT PLUS.

La première fois que je t'ai vu...
tu étais celui de la classe...
que personne n'était capable de détester.
C'est l'impression que j'avais.

Chapitre 5

OH ?

OUAIS.
JE ME BATTRAI.

......
DIS...
ÇA SERAIT POS-SIBLE...
AVEC MOI ?
J'EN SAIS RIEN...

ALORS ...
ON SORT ENSEM-BLE ?
ON PEUT PAS.
JE NE SUIS...
PAS LE SEUL QUE TU AIMES.
ÇA N'AURAIT AUCUN SENS.

Amis ?
Sex friends ?
Col-locs ?
En couple sans s'aimer ?
JE T'AIME.
ASHIDA...

FFFR
.....
QUEL GENRE DE RE-LATION...
ON A, EN FAIT ?

Mais...
Ashida a été...
encore plus doux que tout ce que j'aurais pu imaginer.

Sincèrement...
ça m'allait aussi bien de faire ça un peu brutalement.

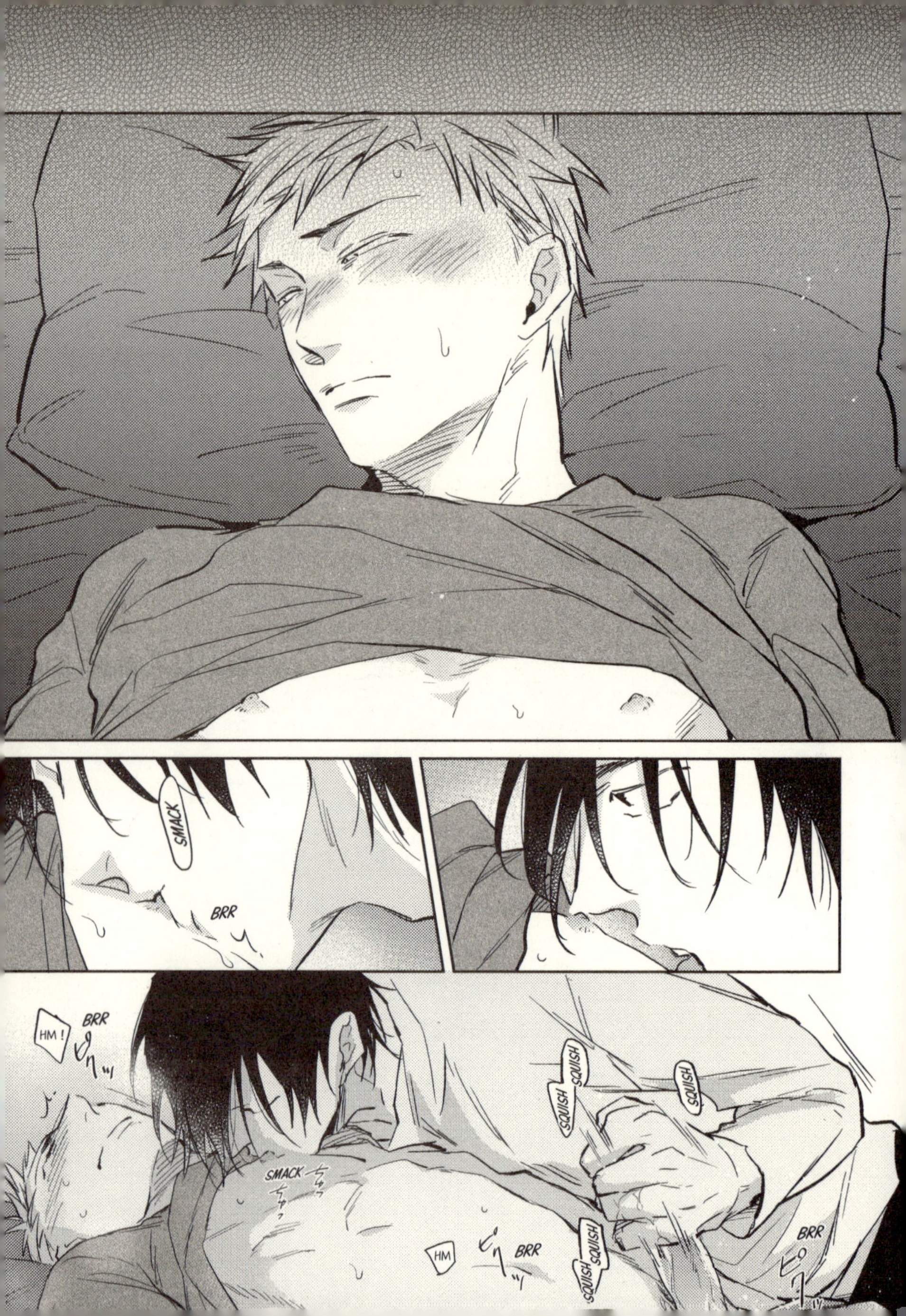
SMACK
BRR
BRR
SQUISH SQUISH
SQUISH
SQUISH SQUISH
BRR
HM
SMACK
HM !
BRR

Ah...
Je...
Ashida me met toujours dans tous mes états...

...HUM...
BRR
......

Je ne...
......
...AIT.
regrette rien...
de ce que j'ai fait.
ON LE FAIT.

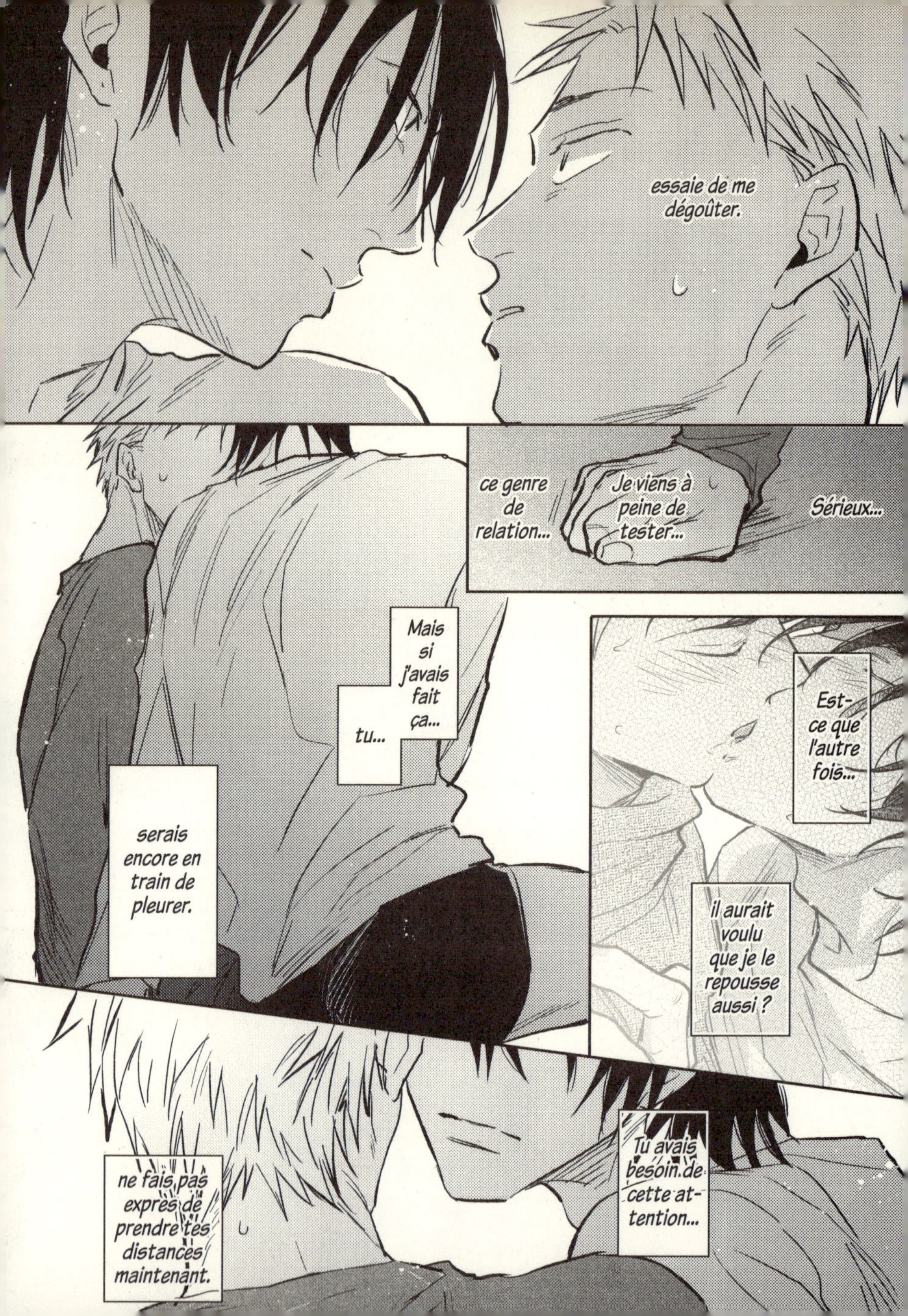
essaie de me dégoûter.
Sérieux...
Je viens à peine de tester...
ce genre de relation...
Est-ce que l'autre fois...
il aurait voulu que je le repousse aussi ?
Mais si j'avais fait ça...
tu...
serais encore en train de pleurer.
Tu avais besoin de cette attention...
ne fais pas exprès de prendre tes distances maintenant.

OK ?
FFFF
L'INVERSE DE LA DERNIÈRE FOIS ?
JE VAIS TE PÉNÉTRER...
BRRR
PRESSE
JUSTE ICI.
OU ALORS, TU...
NE SUPPORTERAIS VRAIMENT PAS QU'UN HOMME TE FASSE ÇA ?!
!!...

......
EST-CE QUE...
TU AURAIS ENVIE DE LE REFAIRE... ?
?
LE REFAIRE ... ?
......
AH !
....!
N...
ÇA ME DÉRANGERAIT PAS.
ON...
PEUT.
PAR CONTRE, CETTE FOIS...
C'EST TOI QUI ES EN DESSOUS.

À ce moment-là...
je me demande qui...
te consolera...?
DIS, QU'EST-CE...
QU'IL Y A ?
TU ME FIXES INTENSÉMENT...
DEPUIS TOUT À L'HEURE.

.....
おすすめ物件
Locations
Si ça conti-nue...
Il se trouvera un autre partenaire...
S'ils s'en va...
est-ce que...
j'aurais raté quelque chose ?
Pour lui...
ça sera facile.
Ça m'in-quiète.

AH...
MERCI...
SLUURP

......
ON SE CONCENTRE.
TOP
コト

EUH ! AH...
03:10
DAAAH !
AH... TU RENTRES TÔT, TOI AUSSI, NON ?
OUAIS.
IL Y AVAIT PAS BEAUCOUP DE MONDE, ET DEMAIN LE BAR EST FERMÉ, ALORS ON M'A LAISSÉ SORTIR PLUS TÔT.
TU DORS PAS ?
CLING
JE SUIS LÀ DEPUIS CET APRÈM.
JE VOULAIS AVANCER AU MAXIMUM, AUJOURD'HUI...
OK.
FFWP
ENFIN, AU MOINS UN PEU.
On discute mais...
CRII
Il...
ne veut pas croiser mon regard...

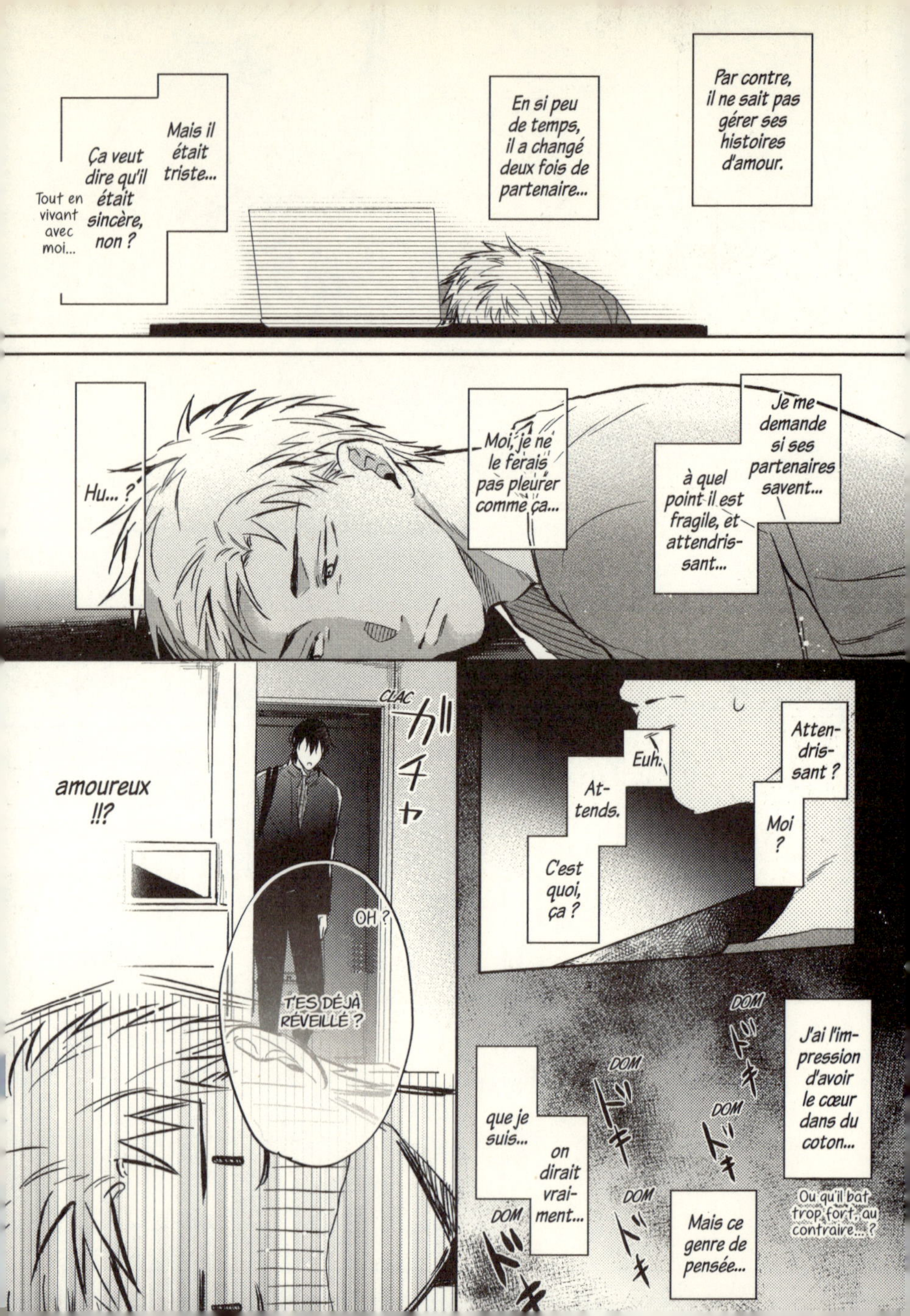

Par contre, il ne sait pas gérer ses histoires d'amour.
En si peu de temps, il a changé deux fois de partenaire...
Mais il était triste...
Ça veut dire qu'il était sincère, non ?
Tout en vivant avec moi...
Je me demande si ses partenaires savent...
à quel point il est fragile, et attendrissant...
Moi, je ne le ferais pas pleurer comme ça...
Hu... ?
Attendrissant ?
Moi ?
Euh.
Attends.
C'est quoi, ça ?
J'ai l'impression d'avoir le cœur dans du coton...
Ou qu'il bat trop fort, au contraire... ?
DOM
ドキ
DOM
ドキ
DOM
ドキ
DOM
ドキ
Mais ce genre de pensée...
on dirait vraiment...
que je suis...
CLAC
ガチャ
amoureux !!?
OH ?
T'ES DÉJÀ RÉVEILLÉ ?

RATATATAP
RATATATAP
Enfin... La première fois, ça m'avait pas autant chamboulé...
C'est plu-tôt...
autre chose qui...
TAP
Autre chose ...
RATATATATATATATAP
pour Ashida... !
EN PLEIN MÉMOIRE
...PFF...
ET PUIS... LE FAIT QUE ÇA NE M'A PAS DÉRANGÉ DE TOUTE FAÇON EST HYPER BIZARRE...
OU ALORS IL EST SUPER DOUÉ ? ÇA DOIT ÊTRE ÇA...
C'EST UN DIEU DU SEXE...
Pour moi, c'était une pre-mière...
et il a eu bien plus de parte-naires...
SNIF
Oh...
Je viens de faire snif...
Pff
Pour-quoi...

...DÉSOLÉ.
VOUS INQUIÉTEZ PAS POUR MOI.
C'EST JUSTE QUE J'ARRIVE PAS À ME CONCENTRER, CES DERNIERS TEMPS.
MERCI...
TOI ALORS !
SI T'ES FATIGUÉ, TU SAIS QUE TU PEUX TE REPOSER SUR MON CŒUR, HEIN ?
MOI AUSSI !
EUH ? OUAIS.
ぎゅ
SERRE
MERCI...
う...
C'est pas l'épaule, d'habitude ?
C'est vrai...
il faudrait que je vérifie...
la nature de mes sentiments...

QUOI ?
....?
RIEN DE SPÉCIAL.
AH BON ?
Aah ! Tu l'avais oubliée ?
COMPLÈTEMENT...
Forcément, que ça m'est sorti de l'esprit...
BAH, ÇA M'ÉTONNE PAS.
SALUT !
VOUS AVEZ DISCUTÉ, MAIS ÇA N'AVAIT PAS L'AIR DE T'ATTEINDRE.
ET TU T'ES CONTENTÉ D'ÉCOUTER BÊTEMENT.
DE QUOI ?
SHÔMA, CES DERNIERS TEMPS...
AH, OUAIS.
HEIN ? QUOI ?
Dites-moi !
BAH, TU PLANES...
TU SOUPIRES BEAUCOUP...
ET T'AS LES SOURCILS PARALLÈLES.
ALORS ON SE DEMANDE...
SI TU TRAVAILLES TROP, SI TU STRESSES, OU QUOI.
C'EST RARE QUE TU SOIS COMME ÇA.
QU...

Je me vois pas...
aller si loin avec un ami.
ALORS, LA FILLE AVEC QUI TU DISCUTAIS ?

Moi...
je voulais qu'il arrête de pleurer.
C'est pour ça que je l'ai laissé faire... ?
Parce qu'on est amis... ?
Les amis ne font pas ça...
Est-ce qu'Ashida, lui, trouve ça normal ?
Mais moi...

Pourquoi il est...
si froid, tout à coup... ?
Ah...
Est-ce que par hasard il...
regrette de m'avoir sauté dessus... ?
Non, il peut pas voir ça comme ça, vu notre passif commun...
Et puis je l'ai autorisé, et moi d'ailleurs... ??
MAIS MOI...
.....

....?
DÉSOLÉ DE T'AVOIR EMBÊTÉ COMME ÇA.
JE FERAIS MIEUX...
DE TROUVER RAPIDEMENT UN ENDROIT OÙ VIVRE.
BAH...
T'AS PAS À TE PRESSER, TU SAIS...
T'es un super colloc...
......
PFFF...
Euh... !?

GLOUPS
DÉSOLÉ...
AU FINAL, JE T'AI SAUTÉ DESSUS.
C'EST PLUTÔT MOI QUI...
J'AVOUE QUE J'AVAIS PAS ENVIE...
DE RÉSISTER.
KEUF
KEUF
T... NON.
EUH.
PAS VRAIMENT...
.....
TU...
TE SENS MIEUX... ?
.....

Chapitre 4
CLAC
TOP
TOP
TOP
AH...
MERCI...
......

...PAR-DON.
Ashi-da...
tu...
Même si tu sais cuisiner, que tu es sociable...
cette mala-dresse, en toi...
est un peu vicieuse...

G...
HMM...
FUU...
HM...
SQUISH ゆさ
SQUISH ゆさ
SQUISH ゆさ
PAR-DON.
HA
.....
SHÔ-MA...

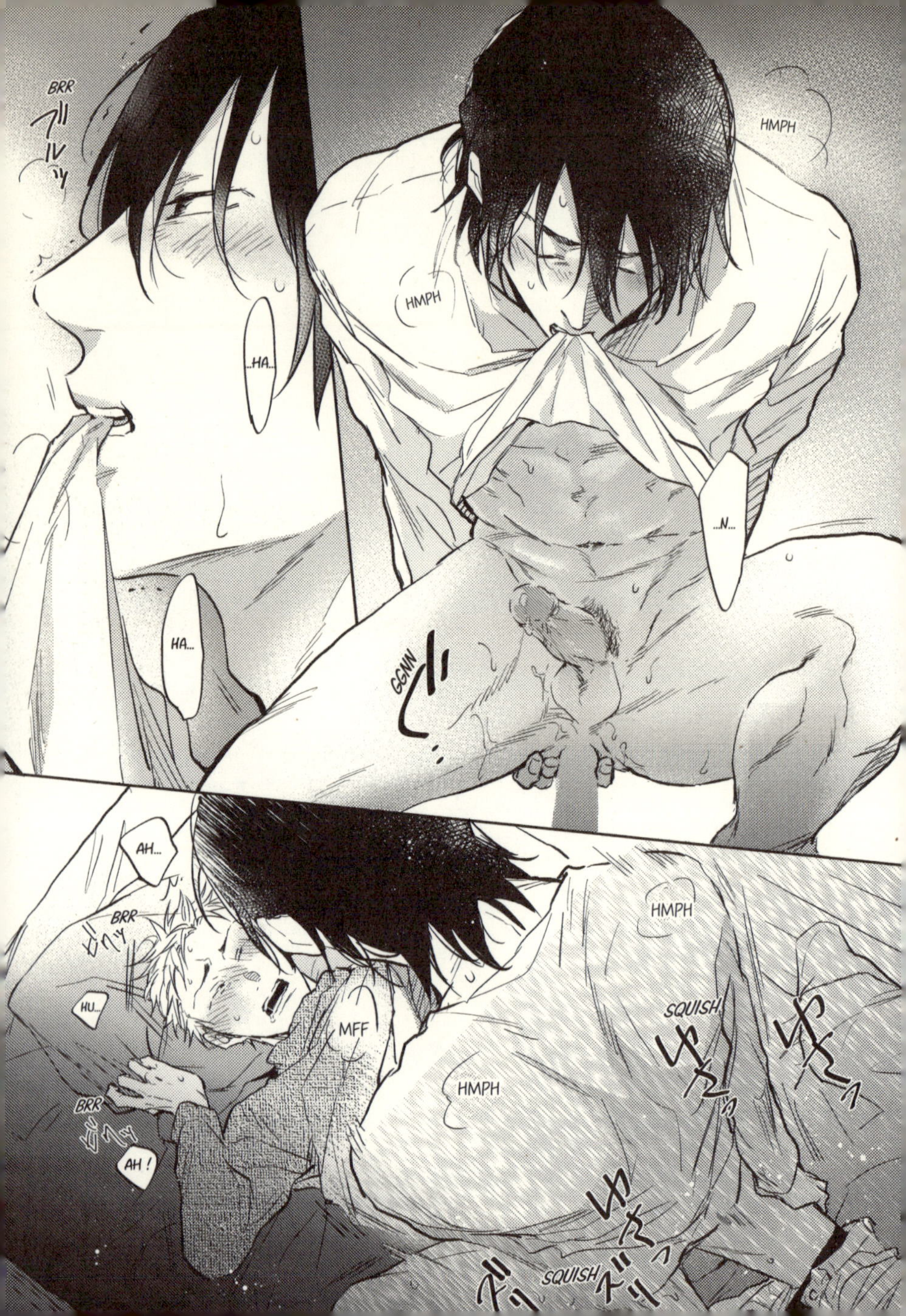
HMPH
HMPH
...N...
...HA...
GGNN
BRR
ブルルッ
HA...
HMPH
SQUISH
MFF
HMPH
AH...
BRR
HU...
BRR
AH !
SQUISH

T'ES DU GENRE À AVOIR BE-SOIN...
D'ÊTRE CONSOLÉ, NON... ?
SOURIT
...PEUT-ÊTRE BIEN, OUI !

HMPH...
DIS...
SI ÇA T'INTRIGUE, TU VEUX ESSAYER ?
NON.
.....
C'EST QUE...

BAH... QUE CE SOIT...
LA BOUCHE D'UNE FEMME OU D'UN HOMME, LA SENSATION RESTE LA MÊME.
Q...
AH.
T...
SMACK
...UH
...N...

NON, NON.
TANT MIEUX...
SHÔMA ...
T'ES SÛR QUE T'ES HÉTÉRO ?
QU...

JE VOIS...
JE SUIS SÛR...
QUE TU ME MÉPRISES.
DIS...
QUOI ?
NON.
OH...
EST-CE QUE JE T'AI DONNÉ CETTE IMPRESSION ? DÉSOLÉ...
......

JE...
SUIS PAS FAIT POUR ÇA.
POUR TOI...
C'EST...
DIS...
JE PEUX TE POSER UNE QUESTION ?
FROTTE
HM ?
C'EST QUOI LA DIFFÉRENCE ENTRE UN HOMME ET UNE FEMME ?
...Y EN A PAS.
POUR MOI...
L'APPARENCE ET LE FONCTIONNEMENT SONT DIFFÉRENTS MAIS...
ÇA RESTE DES ÊTRES HUMAINS.
JE PEUX AIMER N'IMPORTE QUI...
PARCE QUE JE NE FAIS PAS CETTE DIFFÉRENCE.

ELLE ÉTAIT...
...VRAIMENT CHOUETTE.
AH, C'EST ÇA.
ELLE T'A... PLAQUÉ ?
NAN, JE L'AI PLAQUÉE.
C'est toi qui l'as plaquée ?!
...POURQUOI ÇA SE PASSE TOUJOURS COMME ÇA ?
TOUT VA BIEN AU DÉBUT...
ON S'AIME, ALORS ON VEUT ÊTRE ENSEMBLE...
ET PLUTÔT QUE DE SE RAPPROCHER, ON FINIT PAR S'ÉLOIGNER...
ET MOI-MÊME, AU BOUT D'UN MOMENT, JE NE VOIS PLUS L'INTÉRÊT...

QUE...
IL DORT PAS, HEIN... ?
QU'EST-CE QU'IL Y A ?
.....
AH...
DÉSO-LÉ DE T'AVOIR RÉVEILLÉ.
QU'EST-CE... QUI T'ARRIVE ?
.....
GRMBL
...SÉPA-RÉS.
PFF
PFF
SÉPA...
RÉ... ?
EUH... ?
AVEC SA CO-PINE, LÀ, MAMI ?

SNIF
SNIF SNIF

RONN
スカー…
Ah...
oui...
c'est cette odeur-là...
que...
j'aime...

son odeur...
était fade...
Mais...
...Pas de parfum ?
Ashida est beau-coup plus...
DODODOM
« Beaucoup plus » quoi ?!
« Beaucoup plus » ?!
DODODOM
PFF
J'AI TROP GIGO-TÉ...
JE ME SENS PAS BIEN...
BOUHOU

C'était sympa mais...
Pff...
BOR-DEL...
JE ME SUIS ENNUYÉ... !
トボ
POUF
トボ
POUF
J'AURAIS CRU QUE L'AMBIANCE ME BOOSTERAIT, MAIS J'ÉTAIS JUSTE FATIGUÉ...
ET CETTE FILLE AVAIT UNE BONNE CONVERSATION, C'ÉTAIT PAS ELLE LE PROBLÈME...
GLOU
GLOU
EST-CE QUE JE VAIS TOUT LE TEMPS ÊTRE COMME ÇA ? UNE ESPÈCE DE COINCÉ DU CUL ?
ぐる
TOURNE
ぐる
TOURNE
EST-CE QUE JE VAIS SEULEMENT POUVOIR ME MARIER UN JOUR, À CE RYTHME ...!??
IL SAUTE TOUTES LES ÉTAPES
Elle était jolie, bien habillée...
elle avait l'air intéressante, mais...

ÇA IRAIT MIEUX AVEC UNE COPINE !
SERRE
ÇA SERAIT GÉNIAL !
AHAH AHA...
Une copine...
C'est vrai que j'ai pas trop eu le temps pour ça dernièrement...
Je plane pas mal, en ce moment ...
Je serais le genre de type à être frustré au bout d'un moment ?
J'ai peut-être besoin de me défouler un peu ?
Mouais... peut-être ?
Je me demande si ça changerait si je rencontrais quelqu'un...
Bah, c'est l'occasion.
OH, T'AS L'AIR EN FORME, TOUT À COUP !
ON VOIT LES FLEURS AUTOUR DE TA TÊTE !
Ouf !
Je devrais les écouter...
Et puis, ça fait du bien de sortir de temps en temps.
Ça va être sympa !

MANGER... MÉMOIRE...
BOULOT...
PFFF
BOULOT...
MÉMOIRE...
MANGER
DOM
SHÔOOO...
MAAAA !
T'AS PAS OUBLIÉ, HEIN ? DIMANCHE...
...J'AI PAS OUBLIÉ.
DIS-DONC, DEPUIS QUELQUES TEMPS Y A UN TRUC QUI A CHANGÉ CHEZ TOI...
EUH.
AH BON... ?
T'AS L'AIR UN PEU DANS LA LUNE...
ET TU SORS PLUS BOIRE OU MANGER AVEC NOUS...

ÉVI-DEM-MENT !
Ça sent vraiment comme lui... !
C'est sûr...
que ça sent bon...
SNIF
.....
GLOUP
PUTAIN, JE SONNE PAS COMME UN PERVERS, LÀ ?
Et c'est pas la première fois... !
ARRÊTE DE PENSER, BORDEL !
?

MAIS, ET TOI... ?
JE RENTRERAI EN COSTUME.
......
DÉSOLÉ...
ON N'A PAS CE GENRE DE CLIENT, D'HABITUDE.
FM
FM
T'IN-QUIÈTE.
C'EST MOI QUI SUIS DÉSOLÉ D'ÊTRE INTERVENU EN PLEIN MILIEU DE TON TRA...
VAIL...
QU'EST-CE QU'IL Y A ?
JE...
RIEN... DU TOUT.
Ça...

BAH...
T'AS ENCORE DU TRAVAIL.
ET CET UNIFORME TE VA FRANCHEMENT SUPER BIEN, C'ÉTAIT DU GÂCHIS.
PFT
...HAHA
MERCI.
BON, ON VA TE CHANGER ?
HEIN ?
NON, C'EST BON, JE VAIS RENTRER.
MAIS SI, ALLEZ !
TRAÎNE
TRAÎNE
JE TE PRÊTE MES VÊTEMENTS.
FF ROOM

TSS
BOM
NON MAIS...
O...
CRR
ASHIDA.
C'EST RIEN.
Calme-toi.
EUH
.....
EUH
AH
ÇA VA !
POURQUOI TU T'ES MIS DEVANT MOI ?
OH LÀ LÀÀÀ
C'EST JUSTE DU VIN...
PLIC
PLIC

EH BIEN...
SOURIT
ASH...
C'EST MON AMI ET...
POUSSE
......
GRRR
TA GUEULE, TOI, T'ES QU'UN BARMAN ! FAIS TON JOB ET FOUS MOI LA PAIX !
PLASH
......

MONSIEUR ÔKI, JE VOUS AI DÉJÀ DIT QUE CE N'ÉTAIT PAS CE GENRE D'ÉTABLISSEMENT, VOUS SAVEZ ? ESSAYEZ DE VOUS COMPORTER UN PEU MIEUX QUE ÇA...
Espèce d'insensible !
EH, MON MIGNON, T'ES TOUT SEUL ?
QUOI ?
JE T'OFFRE UN VERRE.
MOI AUSSI, JE ME SENS SEUL, CE SOIR. ON PEUT DISCUTER ?
WAAH...
EUH, NON...
Il pue l'alcool...
JE DOIS RENTRER...
QUE ...!?
BRR
BRR
ALLEZ, JUSTE UN VERRE ?
OH...
EXCUSEZ-MOI, MONSIEUR.
QU...
IL N'EST PAS DE CE BORD.
HEIN ...?
ET ALORS ?
JE LUI AI JUSTE PROPOSÉ UN VERRE, NON ?

Les... hommes...
QUI AIMENT AUSSI LES HOMMES.
COMME MOI.
CLAC
ASHI-DAAAA !
AH, VOUS VOILÀ !
BONSOIR, MON-SIEUR ÔKI.
VOUS AVEZ DÉJÀ BIEN ENTAMÉ LA SOIRÉE, DITES-DONC !
DIS, DIS... MON SUBOR-DONNÉ A ENCORE FAIT N'IMPORTE QUOIII...
HA !
!!
Il...
MASSE
MASSE
MASSE
ASHIDAAAA... JE VEUX QUE TU REMPLACES CE TYPE...
GNN
JE VAIS D'ABORD VOUS SERVIR À MANGER !
Il le tripote carrément... !
MASSE

C'est classe...
Il est grand...
ça lui va bien.
HM ?
BRR
OUPS
AH...
JE T'AURAIS BIEN OFFERT UN VERRE, MAIS...
IL Y A...
PSS
DES GENS DE MON BORD QUI VIENNENT À CETTE HEURE ET QUI...
POURRAIENT TE METTRE MAL À L'AISE.
DE TON BORD ...?

MERCI BEAUCOUP !
REGARDE PARTOUT
キョロ
C'est méga grand !
C'EST UN RESTO BAR TOUT CE QU'IL Y A DE PLUS NORMAL !
Oui bah c'est grand !
J'ÉTAIS ...
JAMAIS ENTRÉ DANS CE GENRE DE RESTO.
AH OUI ?
ON FAIT PLUTÔT DES IZAKAYA, OU ON VA BOIRE CHEZ LES UNS LES AUTRES.
FIXE
ICI, C'EST PAS UNE FRANCHISE, LES GENS PEUVENT RÉSERVER SANS TROP DÉPENSER MÊME EN PETIT NOMBRE.
J'AI PAS MAL DE BOULOT LA SEMAINE PROCHAINE, DÉJÀ.

HAHA !
OK.
J'ESPÈRE QUE ÇA TE PLAIRA.
SHÔMA !

Allô, Shôma ? C'est moi !
DOM
ASHIDA ?
Ouaip ! Dis…
j'aurais pas oublié mon portable sur la table, par hasard ?
OH, OUAIS.
Sérieux ? Ouuf !
J'ai eu peur de l'avoir perdu...
Tu en as besoin ? Tu veux que je te l'amène ?
OH ? TU FERAIS ÇA ?
CE SERAIT COOL, OUI, MERCI...
Ça tombe bien, je me demandais dans quel genre d'endroit tu travaillais.
Je vais pouvoir le découvrir…

BAH...
PEU IMPORTE !
CE QUI SE PASSE EN SOIRÉE RESTE EN SOIRÉE !
SI TU COMPARTIMENTES BIEN LES DEUX, T'AURAS PAS À T'EN FAIRE !
Finalement...
j'ai réussi à m'échapper...
C'EST VRAI QUE QUAND JE SUIS ENTRÉ À L'UNIVERSITÉ, ON ARRIVAIT FACILEMENT À ME SORTIR...
BRRR
BRRR
着信中
XXX-XXXX XXXX
? JE CONNAIS PAS CE NUMÉRO...

T'ES LIBRE CE WEEK-END ?
NON.
JE BOSSE.
BRR
BRR
Pour info : fermeture temporaire ce week-end. Signé : le patron
YES ! SHÔMA VIENT AVEC NOUS !
QUOI ?
HEIN !?
GÉNIAL ! ON VA DRAGUER !
T'ES CÉLIBATAIRE, TOI, NON ?
AH.
T'AS PEUT-ÊTRE QUELQU'UN EN VUE ?
HEIN ?
PAS VRAIMENT, NON...
.....
Pourquoi j'ai tout de suite pensé à lui...

Chapitre 3

C'est pas possible...

C'est pas possible que je sois gay pour ce type... !!

....!!?
ON A ENCORE DU TEMPS AVANT DE MANGER, ALORS PROFITES-EN, OK ?
P...
POURQUOI TU ME DIS ÇA, JE VAIS PAS...
T'ES TROP FACILE À DÉCHIFFRER, SHÔMA.
BAM
ん
OU ALORS...
ÇA POURRAIT MÊME ÊTRE ENCORE MEILLEUR...
SI JE T'AIDE ?

ILS ONT...
CHANGÉ MES HO-RAIRES AU DER-NIER MO-MENT...
OH...
CRR
EST-CE QUE...
DOOOO
J'AURAIS INTERROMPU QUELQUE CHOSE ?
N... !!
COMMENT ÇA... !!!?
OH ? J'AI VU JUSTE ?
PLAC

C'est pas possible.
Je serais...
devenu gay... ?
SHHHH
GLOUGLOUGLOU
CLIC
CLAC
HUMHUHUMMM...
POC
OH ?
SHÔMA, T'ES DÉJÀ RENTRÉ ?
GLOUPS
FFR
MERDE.
J'ARRIVE PAS À LE REGARDER EN FACE...
O... OUAIS...
TOURNE
T'ES PAS ALLÉ TRAVAILLER ?

DOM
C'est devenu un homme...
DOM
HA
AH
HA
POURQ...
BRR
MERDE !
SERRE
BRR
BRR
SQUISH
SQUISH
POURQUOI JE...
....
BRR
HA
BRR
GNN
HA...
HA...
Je viens de me branler...
en pensant à Ashida...

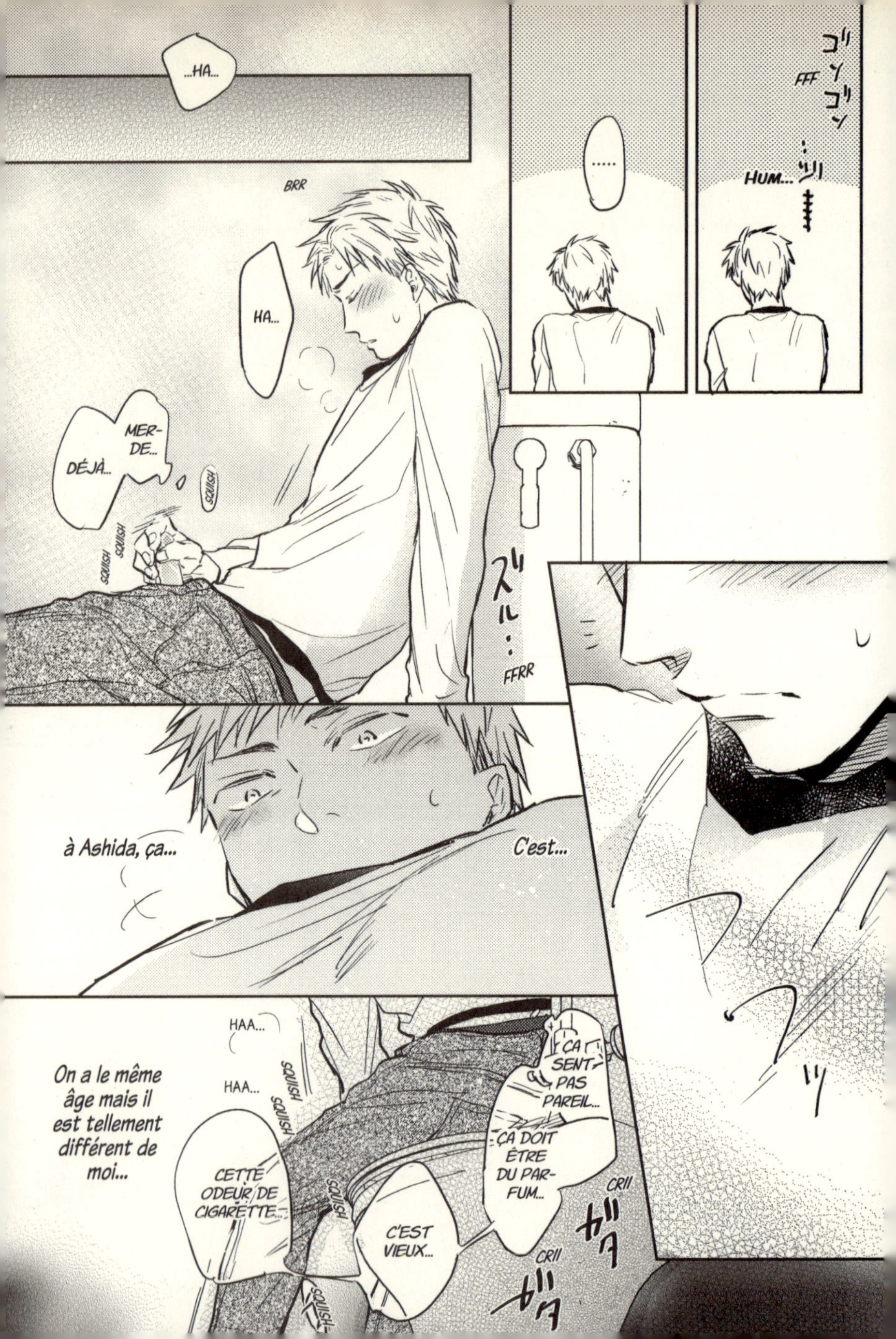

FFF
......
HUM...
...HA...
BRR
HA...
MERDE... DÉJÀ...
SQUISH
SQUISH
SQUISH
ズル…
FFRR
C'est...
à Ashida, ça...
ÇA SENT PAS PAREIL...
ÇA DOIT ÊTRE DU PARFUM...
CRII
ガタ
CRII
ガタ
C'EST VIEUX...
CETTE ODEUR DE CIGARETTE...
SQUISH
SQUISH
HAA...
HAA...
SQUISH
On a le même âge mais il est tellement différent de moi...

FFF
Tiens...
Depuis qu'Ashida vit ici...
je me suis...
pas...
QUAND JE RENTRE DU BOULOT, D'HABITUDE, JE SUIS TROP CREVÉ...
......
Ça craint, ici.
......
CLAC
CLÉ
PAR PRÉCAUTION...
CLIC
......
GN

OH ?
SES CHAUSSURES NE SONT PAS LÀ...
Il devait travailler, aujourd'hui ?
IL A TOUT PRÉPARÉ...
SILENCE PESANT

DEMAIN ? D'ACCORD.
QU'EST-CE QU'IL SE PASSE ?
MON JOB.
ILS ONT CHANGÉ MES HORAIRES.
MERCI BEAUCOUP.
AH ? ALORS T'ES LIBRE ?
ON VA MANGER DES RÂMEN ?
J'ai repéré un nouveau resto !
STEAK !
AH...
STEAK !
JE ME LAISSE UN PEU TROP CHOUCHOUTER, QUAND MÊME.
JE POURRAIS PEUT-ÊTRE L'AIDER À FAIRE QUELQUE CHOSE...
DÉSOLÉ, JE SUIS PRIS.
À PLUS !
MAIIIS !
Salut !

ressemble à un mélange entre un chien fidèle et un enfant.
Salade et soupe miso ?
Il aime toucher les gens, et il est doué pour se lier avec tout le monde.
Il est vraiment...
complètement différent de celui que j'ai connu...
Peut-être du kinpira aussi ?
OUI.
ÇA IRA TRÈS BIEN.

CACHETS
EAU
VA DORMIR, BORDEL, ESPÈCE D'IVROGNE !!
HIHIHI
HIHIHI
HIHI
GNAP
DIS, SHÔMA !
TU VEUX MANGER QUOI, CE SOIR ?
IL Y A UNE PROMO SUR LA VIANDE EN CE MOMENT...
QUOI ?
DANS TOUT LE QUARTIER...
AH...
BAH...
JE VEUX BIEN DU STEAK.
OK !
ON VA S'EN PRENDRE UN MAX.
Le... le voisin ?
ET LE VOISIN M'A DONNÉ DU DAIKON, L'AUTRE JOUR...
Cet Ashida-là...

GLISSE
FFF
est-ce que par hasard...
il va encore...
Eu... ?
Cette expression...
AHAHAHA !
HU ?
RE-GARDE ! RE-GARDE !
LE MEILLEUR OREILLER DU MONDE !
GNII
GNII
GNII
GNII
.....

JE... JE FAISAIS DE L'ATHLÉTISME AU LYCÉE...
AH BON...
WAOUH ! C'EST TROP COOL !
QUOI ? TU FAISAIS QUOI EXACTEMENT ?
EUH.
BRR
MASSE
MASSE
MASSE
400 MÈTRES.
IL EST... SI BOURRÉ QUE ÇA...
SERRE
Je...
J'arrive pas à le décoller....
Il pue la cigarette, aussi...
DOM
Oh là...

BONSOUAAAAAR !
SHÔMA !
T'es déjà debout ?
だき
POUF
WAAH ! TU PUES L'ALCOOL !
MASSE MASSE
GYAAAH
HÉHÉ
UN CLIENT RÉGULIER M'A OFFERT UN OU DEUX VERRES !
VU L'ODEUR, C'EST PAS QU'UN OU DEUX !
ET ARRÊTE DE ME TRIPOTER, PAR PITIÉ... !
OH... ÇA ?
FRR
FRR
T'AS DES FESSES SUPER MUSCLÉES...
POURQUOI ?
HIPS
HEIN ?
COMMENT ÇA POUR... ?

CLAC
C'est vrai qu'il était célèbre, à l'époque...
Sage, silencieux...
plutôt fin...
Qui aurait cru qu'il se transformerait en un playboy pareil ?
Et moi, en comparaison...
HA !
N'A JAMAIS EU DE PETITE AMIE
ÇA SUFFIT.
ÇA VIENDRA UN JOUR !
PFT
PFT
JE SUIS ENCORE JEUNE... !
AH, VOILÀ QUE JE ME METS À PARLER COMME MA SŒUR...

même si je me méfie un peu, il ne s'est rien passé.
AH.
Au fait, au fait !
SHÔMA !
JE NE TRAVAILLE PAS AUJOURD'HUI.
JE VAIS CHEZ MA CHÉRIE...
DONC JE PENSE QUE JE VAIS RENTRER TARD.
Je dormirai peut-être sur place.
DONC NE T'OCCUPES PAS DE MOI QUAND TU RENTRES, OK ?
JE TE FAIS LE REPAS EN AVANCE.
Comme s'il n'avait traversé aucune mauvaise passe avec son ex, Ashida s'est trouvé une nouvelle petite amie.
Une fille, cette fois.
OK...
MERCI.
Bonne soirée !
CLAC
ガチャ

.....
TAC
FRR
FRR
Que ce soit la bouffe qu'il cuisine, ou celle qu'il ramène de son travail... c'est beaucoup trop bon !
L'ÉTUDIANT FAUCHÉ QUE JE SUIS EST COMBLÉ !
t c'est arfai- tement ourris- sant !
HN...
MF
BONNE JOURNÉE.
.....
En dehors de l'incident de l'autre nuit...

HUF
UHHHM, C'EST CHAUUUD !
Ashida rentre toujours à peu près à l'heure où je me lève pour aller à la fac.
HMPH
HMPH
ON ÉCHANGE !
A priori, il travaille dans le bar d'une connaissance...
du soir au matin.
Ce qui fait qu'on se croise comme ça tous les jours.
FRR
FRR
À chaque fois, il vient se réchauffer dans les draps que je quitte.
GLOU
GLOU
GLOU
Au début, je pensais que ça allait être pénible, mais...
On se croise peu...
et il est plus facile à vivre que je ne l'aurais cru.
En plus...

PFF FAIT FROIIIID...
......
FFF
FFF
AH !
BONJOUR.
B'JOUR...
Dans mon futon tout chaud...
je suis maintenant habitué à trouver ce corps glacé.

Chapitre 2

Tu accepterais...
de m'héberger un moment ?
Parce que j'ai été trop gentil, le nombre d'habitants chez moi a doublé depuis une semaine...
......
FFF
ゴソゴソ・・
BRR
OUUUH

D'ICI À CE QUE J'AIE TROUVÉ UN APPART !
S'IL TE PLAÎT, SHÔMA !
ズル…
Okééé...
Il se sera révélé... particulièrement encombrant...
Je peux jeter les poubelles !
Je sépare les sous-vê-tements !

EUH ?
C'EST LA DEUXIÈME FOIS EN UNE JOURNÉE QU'IL ME FAIT ÇA
BEN, MES PARENTS ONT COUPÉ LES PONTS...
ET JE PEUX PAS TROP SQUATTER CHEZ MON EX, VU LES CIRCONSTANCES...
ET SINON...
J'AI AUCUN AMI SUR QUI COMPTER...
JE SUIS DÉSOLÉ, S'IL TE PLAÎT !
J'AI UN TRAVAIL, JE PEUX PAYER LA MOITIÉ DU LOYER !
JE PEUX AUSSI FAIRE LE MÉNAGE... !

TON VISAGE...
AH, C'EST LA VENGEANCE DE MON EX.
C'ÉTAIT PAS AU CENTUPLE !
Heureusement !
Ouais, n'empêche que c'est super enflé...
ET DONC...
PAC
CLAC
!?
TU ACCEPTERAIS...
DE M'HÉBERGER UN MOMENT ?

AH !
EUH ?
T'ÉTAIS LÀ EN FAIT ? J'AI CRU QUE T'ÉTAIS PARTI...
J'AI SONNÉ, MAIS ÇA RÉPONDAIT PAS...
QU...
QU'EST-CE QUE TU FAIS...
LÀ ?

LAISSE TOMBER. IMPOSSIBLE DE FERMER L'ŒIL.
À LA DOUCHE...
CLAC

.....
UN VRAI OURA-GAN...
Et pourquoi j'ai fait ça, moi...
Il vaut mieux oublier...
JE VAIS ESSAYER DE DOR-MIR UN PEU...
PFF

BAH...
BON COU-RAGE.
FAIS GAFFE À TOI.
MERCI...
CLAC

J'AIMERAIS TE REMERCIER DÉCEMMENT UN JOUR.
C'EST BON...
C'EST RIEN...
ET DÉSOLÉ D'AVOIR FAIT DES TRUCS AVEC TOI ALORS QUE T'ES HÉTÉRO.
SALUE
ゴチ
HUUU...
......
POF
POF

BON !
CUII
CUII
MERCI POUR TOUT !
...DE RIEN.
AH, J'AI ENREGISTRÉ MON NUMÉRO SUR TON TÉLÉPHONE, APPELLE-MOI QUAND TU VEUX !
QUAND EST-CE QUE T'AS FAIT ÇA ?!

C'était tellement automatique...
Différence d'expérience ?
N'importe qui aurait fait ça ?
De quoi...
je pourrais ne pas m'inquiéter ?
.....
Y A UN GOÛT BIZARRE...
...HU ?
UN GOÛT BIZARRE... ?
AH !!
Ce serait mon...
Aaaaaa aaaaaaaa aaaaaaaaa aaaaaaah !!!!

ALLEZ...
AU DODO !
ボス
BOUHOU
Qu'est-ce que j'ai foutu ?
Qu'est-ce que j'ai foutu ?
Qu'est-ce que j'ai foutu ?
RONNN

ポ
POF
C'ÉTAIT SUR LE MOMENT.
T'AS RÉAGI INSTINCTIVEMENT.
T'INQUIÈTE, T'INQUIÈTE.
MAIS...
C'ÉTAIT INTENSE, JE DOIS DIRE.

...OH ?
T'EN VEUX PLUS ?
EUH !
FUFU
DIRE QUE C'EST MOI QUI VIENS DE PRENDRE LES DEVANTS...
JE... QU'EST-CE QUE J'AI... ?
......
T'IN-QUIÈTE.

HMPH !
GLOUP
ゴクン
AH... Y A VRAIMENT RIEN DE COMPA-RABLE...
À CE GÔ...

SLURP
SLUUURP
Hmph
Hmph
Hu...
Hn...
Hm...
BRR
C'est trop...
BRR
Hu...
BRR
bon...
mince
BRR
H...
je...
BRR

SLURP
はっ HA
SLURP SLURP
SMACK SMACK
SLURP
FFF FFF
SLURP
Il fait...
trop...
de bruit...
Waaaahhh...
SLURP
SLURP
SLURP SMACK
Qu'est-ce...
que je suis en train de faire... ?
Je dois vite...
HA
HA
l'arrêter...
sinon...
はっ HA
BRR ピクッ
HA...
AH...
はっ HA
je vais...
HA は

J'AI BESOIN DE ME SENTIR PROCHE DE QUEL-QU'UN...
ON N'IRA PAS JUSQU'AU BOUT. SEULE-MENT LA FELLATION.
TU N'AS QU'À T'IMAGINER DANS UNE DE TES VIDÉOS PORNO.
FRRR
JE VAIS ME CACHER SOUS LA COUETTE.
HM...
BRRR
ÇA IRA COMME ÇA ?
FFF

QU...
SLURP
TU FAIS QUOI, LÀ ?!
BAH...
JE VOULAIS TE DONNER UN APERÇU DU PARADIS, TU VOIS LE GENRE ?
SMACK
EUH, HEINNNN !??
SQUISH
C'ÉTAIT PAS UNE BONNE IDÉE... ?
BAH, TANT PIS.
VU L'ÉTAT DANS LEQUEL T'ES, ON PEUT PAS LAISSER ÇA COMME ÇA DE TOUTE.
ATTENDS ATTENDS ATTENDS !!!
LAISSE-MOI TE FAIRE PLAISIR.
S'IL TE PLAIT.

ピ BRR
ッ
.....
....
.....
....?
タ
BRR
ピ
HMG
.....
EUH.

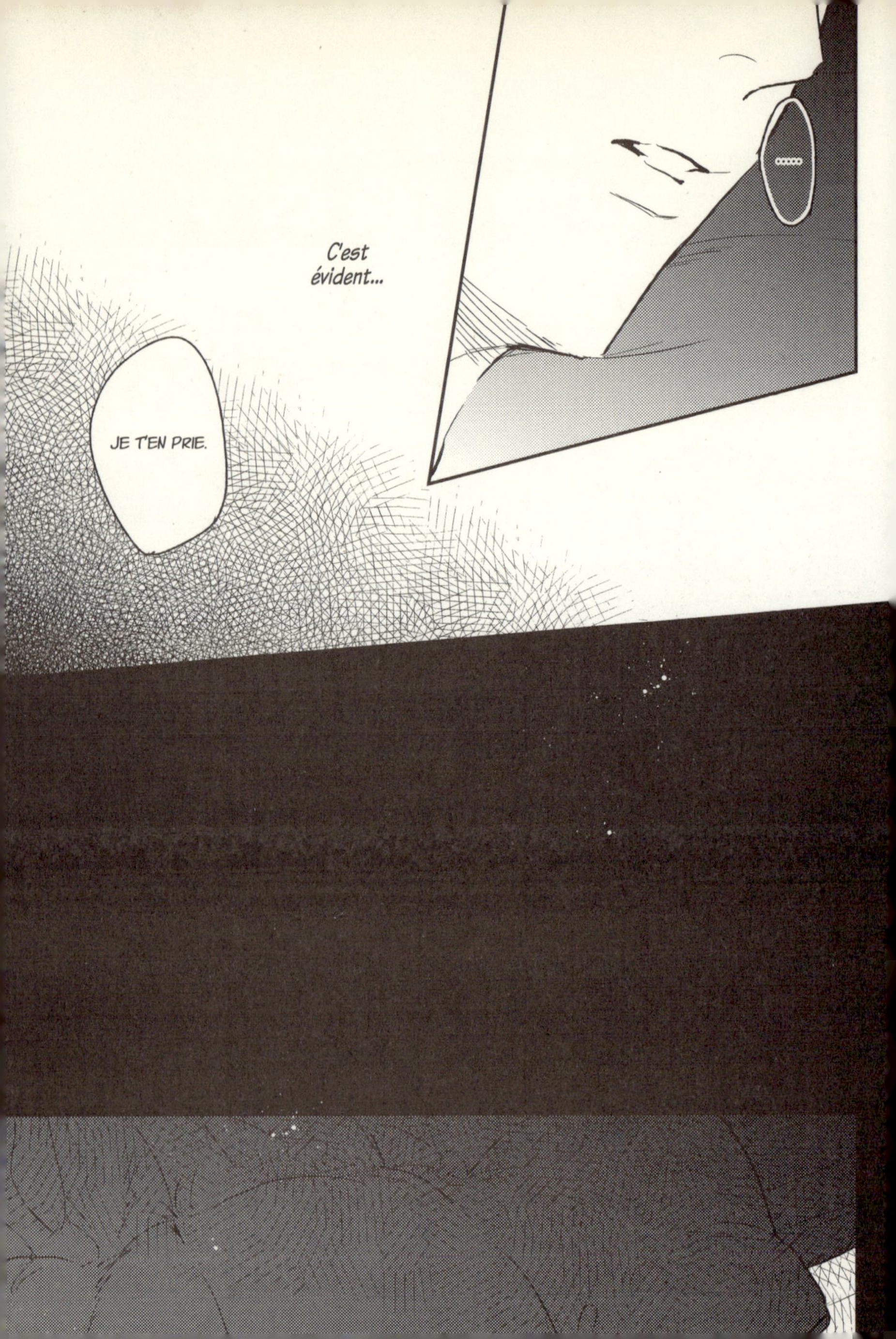
C'est évident...
JE T'EN PRIE.

J'AU-RAIS...
TRÈS MAL VÉCU DE DEVOIR PASSER LA NUIT TOUT SEUL...
J'AI DE LA CHANCE QUE TU M'AIES RAMASSÉ !
Je vois...
C'était ça, son petit ami.
Je suppose qu'il agit comme ça...
parce qu'il l'aime encore...

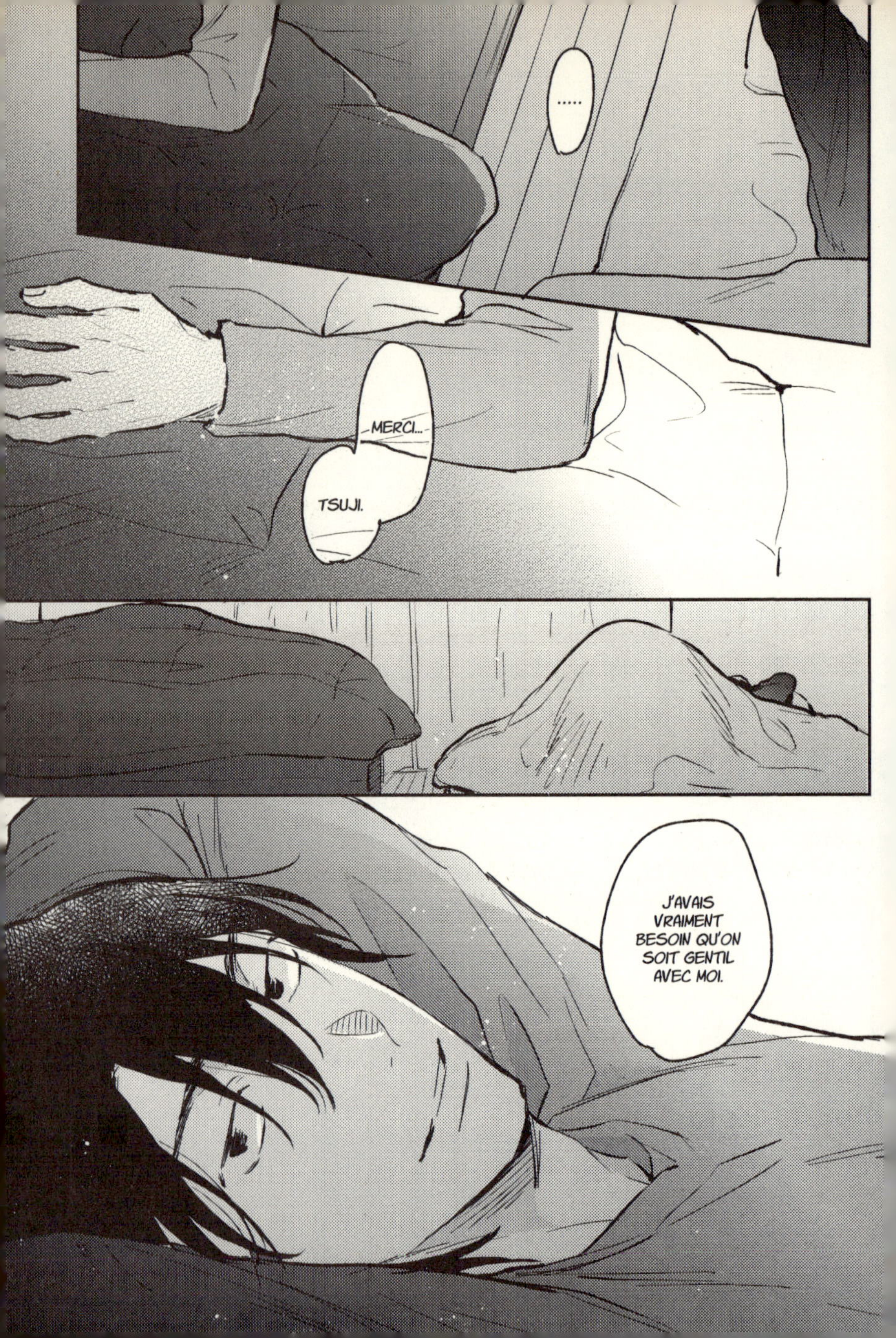
......
MERCI...
TSUJI.
J'AVAIS VRAIMENT BESOIN QU'ON SOIT GENTIL AVEC MOI.

AH...
QUAND IL M'A MIS DEHORS...
J'AI RÉUSSI À LUI COLLER TROIS COUPS DANS LES COUILLES, PAR RÉFLEXE...
DOM
EUUUH...
ALORS JE SUPPOSE QU'IL VA VOULOIR ME LE RENDRE AU CENTUPLE...
LA PROCHAINE FOIS QU'ON SE VERRA.
AU CENTUPLE !?
C'EST PAS UN PEU EXAGÉRÉ ?!
IL EST SUPER FLIPPANT QUAND IL EST VÉNÈRE.
MÊME SI D'HABITUDE, ÇA VA.
IL S'ÉNERVE CLAIREMENT PLUS FACILE-MENT QUE LA PLUPART DES GENS...
ÇA CRAINT, TOUT CE STRESS ACCUMULÉ, DANS LA SOCIÉTÉ ACTUELLE...
ENFIN, JE SAIS PAS...

AH... DEMAIN...
IL VA FALLOIR QUE J'AILLE CHERCHER MES AFFAIRES CHEZ LUI...
FAIT CHIER...
BAH, T'AS PAS TROP LE CHOIX.
T'AVAIS NI PORTEFEUILLE, NI TÉLÉPHONE SUR TOI...
HEIN... AH BON ?
J'AURAIS CRU QUE TU LES AVAIS MIS DE CÔTÉ...
EUH...
NAN.

JE T'AI DIT : C'EST MON MEC, QUI M'A PLAQUÉ.
......
......
PFFT
KRR
KRR
C'EST QUOI CETTE TÊTE ?!
T'AS CRU QUE J'ALLAIS TE SAUTER DESSUS ?
KRR
T'AS FLIPPÉ ??
J'AI QUAND MÊME DES PRINCIPES, TU SAIS ?
ET T'ES PAS MON STYLE.
OH, C'EST MON FUTON ? MERCI !
HN... GH...

EUH...
ALORS ...
TU...
DORS ICI CE SOIR ?
TU VEUX BIEN ?!!
MERCI, C'EST SUPER !
Je vais sortir un futon.
...MAIS ÇA T'EMBÊTE PAS ?
DE...
QUOI ?
TU SAIS QUE J'AIME LES HOMMES.
NON ?

T'ES SÛR QUE TU VEUX ENCORE BOIRE ?
T'ÉTAIS IVRE MORT, NON ?!
UHU.
J'EN AI BESOIN.
JE ME SUIS FAIT PLAQUER...
PAR MON MEC.
FRR
ON HABITAIT ENSEMBLE, ENFIN, JE SQUATTAIS.
ET IL M'A FOUTU DEHORS...
MERCI POUR LES VÊTE-MENTS.
ET TU M'AS RAMASSÉ ALORS QUE J'ESSAYAIS DE NOYER MON CHAGRIN...
DANS L'ALCOOL.
HM
GLOU
GLOU
GLOU

TSUJI.
TU AS L'AIR DE REGRETTER CE QU'IL S'EST PASSÉ À L'ÉPOQUE.
....?
T'IN-QUIÈTE.
J'AI TOUJOURS SU QUE TU ÉTAIS QUELQU'UN DE BIEN, TSUJI.
TOUJOURS À T'INQUIÉTER DE CE QUI TE REGARDE PAS, T'AS PAS CHANGÉ...
COMMENT ÇA, QUI ME RE-GARDE PAS ?
OK. C'EST MOI QUI AI DÉCIDÉ DE TE RAMASSER, MAIS...
TU SERAIS MORT DE FROID SI JE T'AVAIS LAISSÉ DEHORS PAR CE TEMPS !
JE PLAISANTE, JE PLAI-SANTE.
BON, OUBLIONS ÇA. T'AS BIEN UN PEU DE BIÈRE ?
NON ?
HÉ !
AAAH ! Y EN A !
TE GÊNE PAS, SUR-TOUT... !
ET COUVRE-TOI !

Ça a duré...
jusqu'au diplôme...
......
......
MERCI.
QU...

C'est vrai...
Après ça...
Les relations d'Ashida ...
ont empiré.

TSU-JI...
SHÔ-MA...
.....
DING
AH !
TON PRÉNOM S'ÉCRIVAIT AVEC LE MÊME CARACTÈRE QUE LE MIEN ! C'EST ÇA ?
OUAIS !
C'EST ÇA !
DÉSOLÉ, C'EST TOUT CE DONT JE ME SOUVIENS !
JUSTE QUE NOS NOMS SE RESSEM-BLAIENT...
DOM
...
BAH...
J'AI L'IM-PRESSION QUE T'AS PAS TROP CHANGÉ...
HUHU.
TON GROUPE DE POTES ME DÉTESTAIT.
Ah...

芦田 翔
Ashida Kakeru
Il s'intéressait d'un peu trop près aux garçons...
et moi, avec ma mentalité de gamin...
j'avais l'impression qu'il vivait dans un autre monde.
AH, EUH...
TU TE SOUVIENS PAS DE MOI... ?
ON ÉTAIT DANS LA MÊME CLASSE EN QUATRIÈME.
JE M'APPELLE...
TSUJI SHÔMA...

Ce bureau...
c'est...
celui de mon pote...
Ashida Kakeru...
était plutôt célèbre, à l'époque.

HEIN ?
Que... ?
ON SE CONNAÎT ?
C'était...
il y a longtemps, au collège...
Après les cours...
Qu'est-ce qu'il fabrique, celui-là ?

?
QUOI ?
JE SUIS ENCORE SALE ?
...EUH.
...ASHIDA ?

J'ai ramassé un inconnu dans la rue...
Pff.
FAUDRAIT QUE J'ARRÊTE D'ÊTRE AUSSI SERVIABLE.
Bah, peu importe...
HUMPH
C'est que pour aujourd'hui...
JE ME DEMANDE SI MES VÊTEMENTS LUI IRONT.
IL AVAIT L'AIR GRAND.
CLAC
UN PULL, ÇA DEVRAIT ALLER.
JE DOIS AVOIR DE QUOI FAIRE DANS UN C...
CLIC
TAP
TAP
PFOUUUU ! MERCI, ÇA FAIT UN BIEN FOU !
JE ME SENS PROPRE ET RAFRAÎCHI !
HAAA
OH !?
TE BALADE PAS À POIL, TU VAS ATTRAPER...
FRR
FRR
FROID...

BON, PAS LE CHOIX ...
ERF
ERF
CLAC
TU PUES, TU SAIS ?
ON VA T'ENLEVER ÇA, OK ?
JE TE LAISSE MA SALLE DE BAIN, VA TE DOUCHER.
AH ? JE PEUX ...?
C'EST SYMPA, MERCHI...
ENLÈVE
ENLÈVE
AH, ET BOIS DE L'EAU AVANT ÇA. BEAUCOUP.
SHHHHH

......
......
BOUGE
ゆさ
BOUGE
EH, MONSIEUR.
MONSIEUR ?
C'EST LES POUBELLES, ICI.
FFRR
ズル
HUU...
VOUS ALLEZ VOUS FAIRE EMBARQUER AVEC LA BENNE, SI VOUS DORMEZ LÀ.
BRBL
OKÉÉÉÉ.. EMBARQUE-MOI...
BRBL
IL PÈSE, CE CON !
ET IL PUE L'ALCOOL...
ÇA CRAINT...

BONNE SOIRÉE !
Sa-lut !
CLAC
ガラ
FFFF
ピュゥ
BRR
OH LÀ...

Chapitre 1

Cher mal d'amour

Hana COLLECTION